Mes histoires préférées

Dora
L'EXPLORATRICE n°2

PRESSES AVENTURE

© 2012 Presses Aventure pour l'édition en langue française
© 2012 Viacom International Inc. Tous droits réservés. Nickelodeon, Dora l'Exploratrice
et tous les autres titres, logos et personnages qui y sont associés sont des marques
de commerce de Viacom International Inc.

Histoires publiées pour la première fois en langue française sous les titres :
Viens à mon pyjama party ! (2007), *Dora fait le tour du monde* (2008)
et *Bébé Crabe* (2009)

Publié par Presses Aventure, une division de
Les Publications Modus Vivendi Inc.
55, rue Jean-Talon Ouest, 2ᵉ étage
Montréal (Québec) H2R 2W8
CANADA

Éditeur : Marc Alain

Histoires publiées pour la première fois par Simon Spotlight sous les titres :
Dora's Sleepover (2006), *Around the World!* (2006), *Dora and the Baby Crab* (2008)

Dépôt légal : Bibliothèque et Archives nationales du Québec, 2012
Dépôt légal : Bibliothèque et Archives Canada, 2012

ISBN 978-2-89660-414-2

Nous reconnaissons l'aide financière du gouvernement du Canada par
l'entremise du Fonds du livre du Canada pour nos activités d'édition.

Gouvernement du Québec – Programme de crédit d'impôt
pour l'édition de livres – Gestion SODEC

Imprimé au Canada

Table des matières

Viens à mon pyjama party !

par Lara Bergen   illustré par Victoria Miller
traduit de l'anglais par Catherine Girard-Audet

Hi! Je suis .

C'est un grand soir !

J'assiste à une soirée pyjama

dans la
MAISON DANS L'ARBRE

de mon meilleur ami !
BABOUCHE

Je dois d'abord remplir mon  .

Vois-tu les objets que je devrais

ranger dans mon sac ?

Je vais emporter mon ,

PAJAMAS

ma , mon

LAMPE DE POCHE   SAC DE COUCHAGE

et mon d'histoires de .

LIVRE   PIRATES

BABOUCHE adore les histoires de PIRATES !

MOM nous a préparé des *COOKIES* .

Miam !

Merci, **MOM** .

Toi, aimes-tu

les  ?

COOKIES

11

Quel est le chemin

pour se rendre

à la  ?

MAISON DANS L'ARBRE

 dit que nous devons passer
CARTE

par le , puis traverser la .
TUNNEL   JUNGLE

Nous arriverons ainsi

à la de .
MAISON DANS L'ARBRE   BABOUCHE

Nous sommes arrivés au  ,
TUNNEL

mais le  est vraiment sombre !
TUNNEL

14

Y a-t-il un objet à l'intérieur de

mon 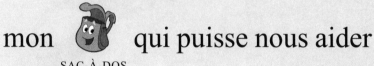 qui puisse nous aider

SAC-À-DOS

à voir dans le noir ?

Oui ! Une !

LAMPE DE POCHE

Nous avons traversé le 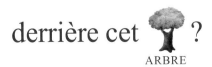.
TUNNEL

Nous devons maintenant

traverser la 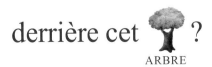.
JUNGLE

Oh, mince ! Vois-tu quelqu'un

derrière cet 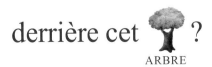 ?
ARBRE

C'est  !

CHIPEUR

Il veut chiper notre  de 🍪.

PANIER · COOKIES

Dis : « , arrête de chiper ! »

CHIPEUR

Nous avons arrêté .

CHIPEUR

Voici la ！

MAISON DANS L'ARBRE

18

Nous pouvons grimper pour

L'ÉCHELLE

accéder à la MAISON DANS L'ARBRE de BABOUCHE.

BABOUCHE a tout préparé

pour notre soirée pyjama.

Our pyjama party!

20

J'ai mon  , ma ,

PAJAMAS LAMPE DE POCHE

mon , mon

SAC DE COUCHAGE LIVRE

d'histoires de

PIRATES

et un de !

PANIER *COOKIES*

Il est l'heure d'enfiler notre .

PAJAMAS

Ensuite, nous pourrons allumer

nos  et manger les .

LAMPES DE POCHE   *COOKIES*

Miam !

Je peux aussi lire mon  LIVRE

d'histoires de pirates à BABOUCHE .

 bâille. a sommeil.

BABOUCHE   BABOUCHE

J'ai sommeil, moi aussi.

Nous nous installons

dans nos  .

SACS DE COUCHAGE

Regarde la  ! Elle brille.
LUNE

Bonne nuit, BABOUCHE.

Bonne nuit à toi aussi !

Dora fait le tour du monde

adapté par Suzanne D. Nimm   illustré par Ron Zalme

traduit de l'anglais par Catherine Girard-Audet

Salut ! Je suis . Aujourd'hui,
DORA

c'est le jour de l'Amitié !

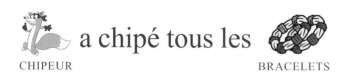 a chipé tous les

CHIPEUR BRACELETS

de l'amitié ! Nous devons parcourir

les quatre coins du pour

MONDE

remettre les à nos amis !

BRACELETS

Veux-tu nous aider à distribuer

les  de l'amitié ? Génial !

dit que nous devons rendre
CARTE

des à nos amis se trouvant
BRACELETS

à la en France,
TOUR EIFFEL

dans la  de Tanzanie,

MONTAGNE

au de Russie et à la

PALAIS

Grande de Chine.

MURAILLE

Nous sommes en France !

Où se trouve la  ?

TOUR EIFFEL

La rue avec des  DIAMANTS

nous mène à la TOUR EIFFEL .

Vois-tu les DIAMANTS ?

33

Fifi la  tentera

MOUFETTE

de chiper nos  !

BRACELETS

Dis-lui :

« Fifi, arrête de chiper ! »

Merci d'avoir arrêté Fifi la !

MOUFETTE

Nous pouvons maintenant offrir

les à nos amis français.

BRACELETS

Nous sommes arrivés en Tanzanie !

Cet  nous transportera jusqu'à
ÉLÉPHANT

la ⛰. Regarde ! J'aperçois
MONTAGNE

un 🦓 et un 🦁.
ZÈBRE   LION

Oh ! oh ! Sami la tentera

de chiper les de l'amitié.

Si tu vois une ,

tu dois lui dire :

« Sami, arrête de chiper ! »

Tous nos amis sont

heureux de recevoir

leur  !

BRACELET

38

Nous devons maintenant

monter à bord d'une  MONTGOLFIÈRE

pour nous rendre

au [PALAIS] d'Hiver, en Russie.

Vois-tu une  MONTGOLFIÈRE ?

C'est une journée frisquette
et enneigée. a tout
SAC-À-DOS

ce dont nous avons besoin !

40

Vois-tu un , des ,

MANTEAU   MITAINES

une et des ?

TUQUE   SKIS

C'est le moment d'offrir

nos  de l'amitié

BRACELETS

à nos amis de Russie.

Vois-tu les ?

BONSHOMMES DE NEIGE

Oh, mince ! Il s'agit de Fomkah, rusé ! Fomkah veut chiper

L'OURS

nos  de l'amitié. Dis-lui :

BRACELETS

« Fomkah, arrête de chiper ! »

Nous voici rendus à la

Grande  de Chine.

MURAILLE

Ying-Ying la 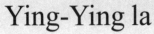 tentera

BELETTE

de chiper les . Dis-lui :

BRACELETS

« Ying-Ying, arrête de chiper ! »

Regarde ! Il reste un !

BRACELET

Il s'agit d'un  pour !
BRACELET   CHIPEUR

Maintenant, tout le monde

possède un de l'amitié.
BRACELET

Merci de nous avoir aidés

à distribuer les

BRACELETS

de l'amitié à tous nos amis !

Joyeux jour de l'Amitié !

Bébé Crabe

par Kirsten Larsen   illustré par Robert Roper
traduit de l'anglais par Catherine Girard-Audet

Salut ! Je suis  .

DORA

et moi passons

BABOUCHE

la journée à la ⬭ .

PLAGE

51

Oh, mince !  est coincé dans

BÉBÉ CRABE

un 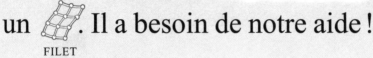. Il a besoin de notre aide !

FILET

Nous avons besoin d'un outil

pour couper le ⬚.

FILET

Regardons à l'intérieur de .

Vois-tu quelque chose qui puisse

nous aider à couper le ?

53

Bien joué !

Ces  peuvent nous aider
CISEAUX

à couper le !
FILET

 tient un  .

BÉBÉ CRABE COLLIER DE COQUILLAGES

Il veut l'offrir à  , mais

MAMAN CRABE

il n'arrive pas à la retrouver.

Nous pouvons l'aider

à retrouver  .
MAMAN CRABE

se trouve

MAMAN CRABE

sur .
L'ÎLE AU CRABE

Pour nous rendre à ,

L'ÎLE AU CRABE

nous devons traverser

le , puis passer

CHÂTEAU DE SABLE

par-dessus les  .

PALOURDES QUI PINCENT

Allons-y !

Nous sommes arrivés au

 . Quel joli !

CHÂTEAU DE SABLE   CHÂTEAU DE SABLE

Je me demande qui

peut bien vivre ici.

Le  vit ici !

Le CALMAR QUI CLAPOTE aime jouer

de la musique.

Pour traverser le  ,

CHÂTEAU DE SABLE

nous devons chanter

et danser sur l'air

que joue le CALMAR QUI CLAPOTE .

C'est gagné !

Nous avons traversé

le  .

CHÂTEAU DE SABLE

Hourra !

Où devons-nous aller ensuite ?

C'est exact !

Nous devons passer par-dessus

les  .

PALOURDES QUI PINCENT

Les  sont énormes,

PALOURDES QUI PINCENT

et elles pincent très fort !

Comment pouvons-nous passer

par-dessus les palourdes sans

qu'elles nous pincent?

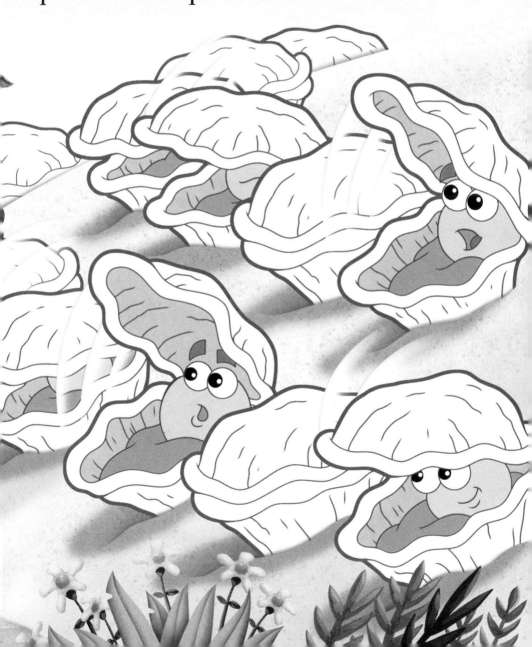

Nous devons sauter lorsque

les  sont fermées.

PALOURDES QUI PINCENT

Saute ! Saute !

Saute par-dessus

les  !

PALOURDES QUI PINCENT

Regarde ! Voici .
L'ÎLE AU CRABE

Nous pouvons prendre ce  BATEAU

pour nous y rendre.

Oh, mince !

Les ont disparu !
RAMES

Nous ne pouvons pas

utiliser le  sans .
BATEAU   RAMES

peut nous aider.

BÉBÉ CRABE

Il tire le  !

BATEAU

Oh, il tire très fort !

 est bien costaud !

BÉBÉ CRABE

Nous sommes arrivés sur !

L'ÎLE AU CRABE

 adore son ,

MAMAN CRABE   COLLIER DE COQUILLAGES

et elle aime aussi son 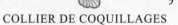 !

BÉBÉ CRABE